Ceri Grafu

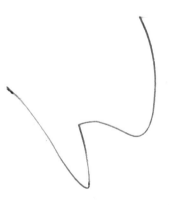

i'r Ceri go iawn

pen
dafad

Ceri
Grafu

Bethan Gwanas

y Lolfa

Hoffai'r Lolfa ddiolch i:
Ffion Elen Lewis, Ysgol Penweddig (sydd ar y clawr!)
Disgyblion Blwyddyn 7, Ysgol Brynrefail
Dafydd Roberts, Ysgol Dyffryn Ogwen,
Steven Mason, Ysgol Uwchradd Llanfair ym Muallt,
Elizabeth John, Ysgol y Preseli
a Karina Perry, Ysgol Caeraenion

Argraffiad cyntaf: 2003
Ail argraffiad: 2006
℗ Awdurdod Cymwysterau, Cwricwlwm ac Asesu Cymru, 2003

Golygyddion Pen Dafad: Alun Jones a Nia Royles
Cynllun Clawr: Ceri Jones

Comisiynwyd y gyfrol gyda chymorth ariannol Awdurdod Cymwysterau,
Cwricwlwm ac Asesu Cymru

Cyhoeddwyd ac argraffwyd yng Nghymru gan:
Y Lolfa Cyf., Talybont, Ceredigion SY24 5AP
e-bost ylolfa@ylolfa.com
gwefan www.ylolfa.com
ffôn +44 (0)1970 832 304
ffacs 832 782
isdn 832 813

Pennod 1

Ceri ydw i, Ceri Gruffydd, ond mae pawb yn 'y ngalw i'n Ceri Grafu. Ha ha. Doniol iawn. Nacdi ddim. Dwi'm yn meddwl ei fod o'n ddoniol o gwbwl. Roedd o'n iawn y tro cynta – jôc fach ar iard yr ysgol – ond pan nath yr enw sticio, es i'n bananas. Dyna pam nath o sticio mae'n siŵr.

Unwaith mae pobol yn gweld bod rwbath yn dy wylltio di, maen nhw isio gwylltio ti fwy, tydyn? A dwi'n gwylltio'n hawdd. Yn enwedig pan mae crinc fel Jason Jones yn tynnu arna-i. Fo alwodd fi'n Ceri Grafu y tro cynta, a chwerthin fel hiena wedyn. Yn meddwl ei fod o mor ofnadwy o glyfar. Dydy o ddim. Mae o'n ddwl fel postyn yn y gwersi, ond eto mae o'n cofio llwyth o jôcs, ac mae o'n gallu bod reit ffraeth. Miss Jones, Cymraeg, ddysgodd y gair yna i ni; rhywun efo ateb cyflym ydy rhywun ffraeth – *witty* yn Saesneg.

Ond mae Jason yn dal yn hen grinc. Fo a phob hogyn arall yn Blwyddyn 7. Pam? Achos dydyn nhw byth yn gadael i mi chwarae pêl-droed efo nhw, dyna pam. Maen nhw'n deud mai gêm i hogia ydy pêl-droed, ac y dylwn i sticio at *hopscotch*.

Hy! Dwi'n well na run ohonyn nhw, ac maen nhw'n gwbod hynny! A dwi'n meddwl mai dyna pam wnân nhw'm gadael i mi chwarae, rhag ofn y bydda i'n well na nhw. Babis.

Dydy o'm yn deg. Y cwbwl dwi isio'i neud ydy chwarae pêl-droed a dringo coed, ond mae Mam yn rhoi llond pen i mi bob tro dwi'n dringo coeden, a dydy'r hogia ddim yn gadael i mi chwarae pêl-droed. Tase na ddigon o ferched yr un fath â fi isio chwarae pêl-droed yn yr ysgol, mi fyswn i'n dechra tîm genod, ond does na'm chwarter digon. Maen nhw i gyd yn poeni gormod am gleisio'u coesau neu am rwygo'u gwinedd. Pathetic, ynde?

Mae Mam yn deud mai nhw sy'n iawn ac mai fel na dylwn inna fod. Mi nath hi drio'n galed i ngwneud i fel na, yn fy ngwisgo i mewn pinc, yn clymu ngwallt i mewn bobls fflyffi ac yn fy stwffio i mewn i ffrogiau – nes ro'n i'n ddigon hen i wrthod. Roedd hi wedi cael llond bol erbyn hynny, beth bynnag. Dydy coesau sy'n gleisiau a sgriffiadau i gyd ddim yn edrych yn neis efo ffrog. Ro'n i gymaint hapusach wedyn. Mae trio chwarae pêl-droed mewn sgert yn boen, heb sôn am ddringo coed.

Felly, unwaith ges i lonydd i wisgo a gwneud be ro'n i isio, ro'n i'n iawn. Nes i fwynhau fy nyddiau yn yr ysgol gynradd, hyd yn oed os oedd hi'n un o'r ysgolion lleia yng Nghymru ac ynghanol nunlle. Ardal wledig maen nhw'n galw llefydd fel ma. A wyddoch chi be? Mae na bum deg dafad am bob person yn yr ardal yma. Ac maen nhw'n deud bod pobol yn mynd yn debyg i'w hanifeiliaid, tydyn? Maen nhw'n iawn. Dydy defaid ddim yn gallu chwarae pêl-droed, a dydy pobol ffor ma ddim chwaith.

Dwi'm yn gwbod be ddigwyddodd i mi. Pan o'n i'n fach, ro'n i'n breuddwydio mai wedi cael fy mabwysiadu ro'n i, ac mai Ryan Giggs oedd fy nhad i go iawn. Mae gen i wallt tywyll run fath â fo, ac mae ngheg a nhrwyn i'n ofnadwy o debyg. Do, dwi wedi bod yn sbio lot ar ei lun o, a fi'n hun yn y drych. Faswn i'n rhoi y byd am gael bod yn perthyn i Ryan Giggs. Ond na, dwi'n ferch i John a Jean Gruffydd, 3, Tai'n Ddôl, ac yn chwaer i ddau frawd sy'n efeilliaid pedair oed: Jac a Wil. Mam a Dad yn trio bod yn ddoniol oedd hynna – ac yn methu. Mae Jac a Wil yn enwau sy'n siwtio'r ddau yn iawn erbyn hyn – ond ddim pan oedden nhw'n fabis.

Ond ta waeth, deud ro'n i bod pobol ffor ma yn cr— sori, yn anobeithiol – am chwarae pêl-droed, ynde? Mewn ysgolion eraill, rydach chi'n gallu dewis y goreuon i fod yn y tîm pêl-droed. Ond roedd ysgol ni mor fach, doedd gynnon ni'm dewis. Roedd pawb yn y tîm, a dyna fo. Hyd yn oed Ned bach Tyn-ybryn, sy'n gweld dim pellach na'i drwyn, a Sali Hafod sydd ofn bob dim. Os ydy hi'n gweld pêl, jest pêl, yn dod amdani, mae hi'n rhedeg i ffwrdd. Ac os ydy hi'n gweld rhywun yn rhedeg ati, mae hi'n cau ei llygaid ac yn esgus bod yn goeden. Wir yr, tîm fel na oedd gynnon ni. Ocê, doedd Emrys ac Elfyn ddim yn ddrwg – o leia roedden nhw'n gallu taclo – ond fi oedd yn gorfod gneud bob dim, bron: rhedeg o gwmpas fath â iâr, yn ymosod, amddiffyn, y cwbwl. Yndw, dwi'n ffit. Ac mi naethon ni'n reit dda yng Nghystadleuaeth 7 Bob Ochor yr Urdd, a ches i wobr am y chwaraewr gorau. Nes i guro Jason Jones. Felly mae o a'i fêts yn gwbod yn iawn mod i'n gallu chwarae. Babis.

Roedd na rywun o Fangor yn gwylio'r gystadleuaeth, ac mi naethon nhw ofyn a fyswn i'n hoffi ymarfer efo merched Bangor City. Cwestiwn gwirion! Ond mi fyddai'n rhaid i rywun fynd â fi yr holl ffordd i Fangor bob wythnos, a phan es i adre, jest chwerthin wnaeth Mam. Dydy hi ddim yn gallu gyrru ac mae Dad yn gweithio bob nos. Barman ydy o. "A fysen ni byth yn gallu fforddio'r petrol, beth bynnag, felly anghofia'r peth," meddai Mam. Mi wnes i drio anghofio, ond wnes i'm llwyddo.

Ar wahân i hynna, ro'n i'n eneth reit hapus fy myd nes i mi ddod i'r ysgol uwchradd. A finna'n edrych ymlaen gymaint! Ro'n i wedi breuddwydio am gael chwarae efo tîm llawn, da am unwaith, am gael llwyth o ffrindia oedd yn hoffi'r un pethau â fi:

1. Chwarae pêl-droed
2. Ryan Giggs
3. Dringo coed
3. Eminem (ella mod i'n byw ynghanol nunlle, ond am ein bod ni'n methu cael S4C yma, rydan ni wedi gorfod cael teledu digidol, felly dwi'n byw ar MTV.)

Ond, dim ond yr hogia sy'n hoffi rheina, ac am ryw reswm, unwaith ti mewn ysgol uwchradd fawr, dydy hogan ddim yn cael bod yn fêts efo'r hogia run fath â mewn ysgol gynradd fechan. Rydan ni i fod i ffansïo'n gilydd. *Not!* Dwi'm yn ffansïo run ohonyn nhw. Iawn, ella bod Jason Jones yn ddelach na'r pennau rwds eraill, ond dwi'm yn ei ffansïo fo, dim ffiars o beryg. Hen grinc ydy o.

Ac mae'r genod i gyd yn bethau bach fflyffi, giglyd, sy ddim ond isio siarad am fêcyp, gwallt, Britney Spears a Victoria blincin Beckham. Dwi'n teimlo fel sgodyn allan o ddŵr go iawn. Sgodyn mewn llond bwced o falwod.

Felly dwi ar fy mhen fy hun drwy'r amser bron. Felly mae pawb yn meddwl mod i'n od. Ac wedyn, dwi'n mynd ati i fod yn od, tydw? Os oes rhywun yn sbio arna i, dwi'n tynnu tafod arnyn nhw. Dyna maen nhw'n gael am fy ngalw i'n Ceri Grafu. A rŵan, dydy'r athrawon ddim yn fy hoffi i chwaith, am mod i'n edrych mor flin drwy'r adeg a byth yn codi fy llaw i ateb dim. Hy. Blin fysan nhwtha hefyd tasen nhw yn fy sefyllfa i.

Maen nhw'n deud mai dy ddyddiau ysgol ydy dyddiau gorau dy fywyd di. Hy. Bwced o falwod ydy bywyd a dyna fo.

Pennod 2

Dydy pethau'n gwella dim. Mae na hen ddynes yn byw yn y pentre ma – Mrs Higginbottom. Ia, enw gwirion iawn, a Mrs Higdîn mae pawb yn ei galw yn ei chefn. Mi symudodd hi yma ryw bum mlynedd yn ôl, ac mae'n debyg ei bod hi wedi bod yn trio dysgu Cymraeg. Ond y cwbl dwi'n ei chlywed hi'n ddeud ydy:

"*Go away!*" a "*Mind my* ffenestri!" a "*If you must play* pêl, *find a* cae!" a "*I shall tell your* rhieni, Ceri Gruffydd!"

Mae hi'n boen yn yr Higginbottom.

Mae na rai o'r plant yn mynd ati i'w gwylltio hi, yn cnocio ar y drws a rhedeg i ffwrdd a ryw lol fel na. Iawn, do, mi wnes i hynna unwaith hefyd. Llynedd ryw dro, ond ro'n i'n teimlo'n euog am y peth wedyn, felly rhois i'r gorau iddi.

Ond do'n i ddim wedi stopio cicio pêl tu allan i'w thŷ hi. Mae na sgwaryn reit neis o darmac yna, sydd dipyn mwy gwastad na'r cae yn y parc swings. A dyna ro'n i'n wneud pnawn ddoe ar ôl yr ysgol, efo Elfyn, sy'n dal yn Blwyddyn 6. Ac, ia, fi roddodd yr hymdingar o gic i'r bêl, ond tasa Elfyn wedi bod yn ddigon effro, mi fyddai o wedi ei safio hi. Ond doedd o ddim, a nath o ddim. Mi saethodd y bêl drwy'r awyr, reit drwy ffenest Mrs Higdîn, ac mi chwalodd y gwydr yn jibidêrs. Mae'r sŵn malu yn dal i ganu yn fy nghlustiau i.

Aeth Elfyn yn llwyd, wedyn yn wyn, a rhedeg i ffwrdd, gan neidio dros y clawdd am adre. Ro'n i'n gallu ei weld o'n rhedeg fel wiwer dros y caeau. Babi. Mi allwn innau fod wedi rhedeg, a dwi'm yn gwbod pam na wnes i. Ond wnes i ddim, dim ond sefyll yna, fel Sali Hafod yn trio bod yn goeden. Sbio ar y ffenest ro'n i, yn methu credu bod pêl fach wedi gwneud ffasiwn lanast. A deud y gwir, roedd na rywbeth reit brydferth am y conffeti o ddarnau gwydr yn sgleinio ar y tarmac. Dim ond pan ddaeth wyneb Mrs Higdîn i'r twll yn y ffenest y dois i ataf fy hun a dechrau meddwl am redeg. Ond wedyn nes i sylwi ei bod hi'n crio.

Mae rhywun wedi arfer gweld babis a phlant bach yn crio, tydi? Ond mae na rywbeth ofnadwy am weld oedolion mewn dagrau. Yn enwedig hen ddynes fach fel Mrs Higginbottom. Ro'n i'n teimlo fel lwmp o faw ci.

Felly es i at y ffenest a deud,

"Sori, Mrs Higginbottom."

A dyma hi'n dechrau crio go-iawn. Be o'n i fod i

wneud? Felly nes i agor y drws a mynd i mewn ati hi. Mae hi mor fach a delicet, efo byn o wallt gwyn yn daclus ar ei phen a sbectol fach arian ar ei thrwyn. Tasen nhw'n gwneud doli o nain, fel na dylai hi edrych.

"*I wasn't trying, honest,*" cychwynnais i, ond mi dorrodd ar fy nhraws i.

"Plîs peidiwch â siarad Saesneg efo fi. Rydw i wedi dysgu Cymraeg." Edrychais yn hurt arni. Roedd ei hacen hi'n wych. Wir yr, roedd hi'n swnio'n union fel un ohonan ni.

"Mi wna i dalu am drwsio'r ffenest, dwi'n addo," meddwn i.

"Iawn," meddai hi. "Mi wna i adael i chi wybod faint bydd o'n gostio."

"Iawn," medda fi wedyn, yn dal i deimlo'n ofnadwy o chwithig. Roedd na wydr dros bob man; y carped, y soffa, y planhigion a'r ornaments. Mi wnes i ddechrau codi rhai o'r darnau, ond,

"Peidiwch," meddai hi, "rhag ofn i chi dorri eich dwylo. Mi wna i glirio fo. Da boch chi rŵan."

Felly es i adre. A dwi'n dal i deimlo fel lwmp o faw ci. A ble dwi'n mynd i ddod o hyd i bres i dalu am drwsio ffenest fel na? Does gen i'm ceiniog, a does gen i'm gobaith cael ceiniog chwaith. Dydy bywyd ddim jest yn *fwced* o falwod, mae o'n llond bath.

Pennod 3

Es i draw i weld Mrs Higginbottom ar ôl yr ysgol heddiw, ac mi ddywedodd hi y byddai'n costio £30 i gael dyn i ddod i drwsio'r ffenest. Mae'n rhaid bod y sioc yn amlwg ar fy wyneb i.

"Does gennych chi ddim £30, nag oes?" meddai'n dawel.

Ysgwydais fy mhen yn fud.

"Beth am Mam a Dad?" gofynnodd.

"Na!" gwaeddais yn syth. "Does ganddyn nhw byth bres chwaith, yn enwedig ar ôl cael y bocs digidol, a taswn i'n rhoi bil o £30 iddyn nhw, mi fydden nhw'n hanner fy lladd i." Edrychodd Mrs Higginbottom arna i'n ofalus. Dwi'n meddwl ei bod hi'n gwybod bod ein teulu ni yn bell o fod yn Beckhams.

"Beth ydyn ni'n mynd i wneud, ta?" gofynnodd. Meddyliais yn galed.

"Ylwch," meddwn i yn y diwedd, "mi wnes i helpu Dad i drwsio ffenest llynedd, ac mae'n ddigon hawdd. Mi fedra i ei gosod hi i chi. Yr unig beth fydd ei angen wedyn ydy'r gwydr a'r pwti."

"Iawn, felly mi wna i dalu am rheiny," gwenodd Mrs Higginbottom, "os gwnewch chi osod y ffenest... a thorri coed tân i mi bob wythnos tan y Nadolig."

Tan y Nadolig?! Dim ond dechrau mis Hydref oedd hi! Ond doedd gen i fawr o ddewis, nag oedd? Felly mi wnes i gytuno. A mesur y ffenest er mwyn iddi hi allu ordro darn o wydr y maint iawn.

Mi wnaeth hi baned i mi wedyn, a rhoi darn o gacen siocled i mi – un go iawn, ddim un siop. Roedd o'n ffantastic. Ro'n i'n llyfu mhlât cyn i mi sylweddoli be ro'n i'n ei wneud, ond dim ond gwenu wnaeth hi, a rhoi darn arall, mwy, i mi.

Mae Mrs Higginbottom yn ocê wedi'r cwbwl. A dwi wrth fy modd efo'i thŷ hi. Mae o'n llawn o luniau gwirioneddol neis a stwff o dros y byd i gyd – fel lampiau o Syria, matiau o Iran, potiau o Tseina a phobol ac anifeiliaid pren o wahanol wledydd yn Affrica. Mae hi wedi bod yn y llefydd yna i gyd, medda hi, ac mi neith hi ddeud wrtha i amdanyn nhw rywbryd. Ar ôl i mi drwsio'r ffenest.

Dydy'r ysgol yn gwella dim. Mwya'n y byd mae'r athrawon yn cega arna i, lleia yn y byd o awydd sydd gen i i'w plesio nhw. Ro'n i'n meddwl bod athrawon i fod yn bobol glyfar, felly pam nad ydyn nhw'n gweld petha syml fel na? Yr unig un sy'n ocê ydy Miss Morgan, yr athrawes chwaraeon, ond dydy hi ddim ond yn iawn efo fi am mod i'n dda mewn chwaraeon.

Ond mae pêl-rwyd yn gêm mor ddiflas o'i chymharu â phêl-droed. Mae hoci'n well, ond dydy o ddim patsh ar bêl-droed, nacdi? Felly dwi'm yn trio'n galed iawn. Mi fydd Miss Morgan yn colli amynedd efo fi cyn bo hir hefyd.

Mae Mr James, yr athro chwaraeon, wedi dewis tîm pêl-droed dan 13 ar gyfer wythnos i ddydd Sadwrn. Jason Jones ydy'r capten. Hy. Does ganddo fo mo'r brêns i fod yn gapten. Ac mae'r lwmp diog Tom Edwards na ar yr asgell! Dwi'n llawer, llawer cyflymach na fo, ac mae o'n taclo fel Jac Codi Baw! Dwi mor flin. Dwi i fod yn y tîm yna ac maen nhw'n gwybod hynny. Mi fues i'n eu gwylio nhw'n chwarae (fel moch) ar yr iard amser cinio, a phan ddoth na gic flêr tuag ata i, nes i roi foli lyfli yn ôl iddi, reit at draed Jason. Am eiliad, ro'n i wedi hanner- disgwyl iddyn nhw gynnig i mi chwarae efo nhw, ond y cwbwl wnaethon nhw oedd gweiddi, 'Cer-i-grafu' arna i. Ro'n i bron â chrio, ond dwi ddim yn mynd i grio o'u blaenau nhw. Dim ffiars. Byth.

Pennod 4

Dwi wedi trwsio ffenest Mrs Higginbottom, ac er mod i'n ei ddeud o fy hun, dwi wedi gwneud joban reit dda ohoni. Mae'r pwti'n daclus neis, ac mae'r gwydr yn hollol gadarn – ddim yn ysgwyd o gwbwl. Ar ôl iddi sbio'n ofalus dros bob milimedr, mi wenodd Mrs Higginbottom fel giât arna i a nghanmol i i'r cymylau. Roedd hynna'n neis. Es i'n gynnes i gyd tu mewn. Does na neb wedi nghanmol i fel na ers... wel, ers oes.

Mi fues i'n torri coed iddi am ryw hanner awr wedyn, nes iddi ngalw i i mewn am baned. Roedd hi wedi gneud tarten mafon duon i ni, a iesgob, roedd hi'n neis. Dal yn gynnes o'r popty, a ces i hufen a hufen iâ efo hi.

Wedyn, mi ddechreuodd hi sôn am ei theithiau dros y byd.

"Pot coffi o Syria ydy hwn," esboniodd, gan afael mewn rhywbeth efo pig hir fel y gylfinir. "Maen nhw'n yfed coffi cryf iawn yno, efo blas saffrwm. Ond dydy merched ddim yn cael mynd i'r tai coffi, dim ond y dynion."

"Be? Ond, dydy hynna ddim yn deg!"

"Traddodiad, Ceri," meddai hi.

"Stwffio traddodiad," gwgais i. "Dyna pam dwi'm yn cael chwarae pêl-droed, dim ond pêl-rwyd a hoci."

"O diar. A tithe mor dda am chwarae pêl-droed."

Edrychais yn hurt arni.

"Sut dach chi'n gwybod?"

"Wel, rwyt ti'n mynnu chwarae reit o flaen fy nhŷ i bob dydd!"

"O, yndw. Sori."

"Ti'n llawer gwell na'r bechgyn," meddai hi, gan roi darn arall o'r darten ar fy mhlat i.

"Yndw, ond dwi'n ferch, felly does na'm pwynt. Waeth i mi anghofio am y peth ddim, a rhoi mhêl yn y bin."

Edrychodd hi arna i dros ei sbectol am ychydig. Yna,

"Ceri," meddai hi yn bwyllog, "os wyt ti wirioneddol eisiau rhywbeth mewn bywyd, mae'n rhaid i ddal ati... *come what may*. Beth ydy hynny yn Gymraeg?"

"Doed a ddelo," atebais i, gyda llond ceg o darten.

"Ia, dyna fo. Dal ati, doed a ddelo. Er enghraifft, ar ôl symud i Gymru, ro'n i eisiau dysgu Cymraeg yn ofnadwy. Roedd hi'n anodd iawn i ddechrau, yn enwedig pan oedd pobol y pentre yn fy ateb i'n ôl yn Saesneg o hyd – a phan o'n i'n gweiddi arnat ti a dy ffrindiau i beidio chwarae pêl-droed mor agos at fy ffenestri i!"

"Ia. Roeddech chi'n gweiddi'n hanner Saesneg hanner Cymraeg bob tro."

"Mae'n anodd canolbwyntio pan wyt ti wedi cynhyrfu!" chwarddodd Mrs Higginbottom, "Ond mi wnes i ddal ati, a rŵan dwi'n gallu siarad Cymraeg yn iawn."

"Mwy na iawn, rydach chi'n briliant!"

"Sy'n profi fy mhwynt i," gwenodd hi.

"Mrs Higginbottom," gwenais i'n ôl, "rydach chi'n *smart.*"

"Rydw i'n beth?" gofynnodd.

"*Smart.* Cŵl. *Ace.*"

Ysgwydodd Mrs Higginbottom ei phen yn drist.

"Ceri, pam wyt ti'n defnyddio geiriau Saesneg fel yna? Pam na wnei di ddefnyddio geiriau Cymraeg? Cymraes wyt ti wedi'r cwbl."

"Ia, ond... dyna mae pawb fy oed i'n ei ddweud. Mae pethau fel 'gwych' yn swnio mor hen ffasiwn."

"Hen ffasiwn?! Dylanwad Eingl-Americanaidd y teledu ydy o, dyna'i gyd! Os bydd pobl ifanc fel ti yn penderfynu bod yr iaith Gymraeg yn hen ffasiwn, does dim dyfodol iddi!" Roedd hi wedi codi ei llais, ac yn amlwg dan deimlad.

"Ond dwi'n siarad Cymraeg bob dydd Mrs Higginbottom, jest deud ydw i bod *smart* a cŵl yn swnio'n fwy... wel, cŵl."

"Dydy o ddim yn cŵl o gwbl! Mae pob *smart* a cŵl a briliant yn... yn... beth ydy *nails*?"

"Gwinedd."

"Naci, *nails* – `hammer and nails!*" Roedd hi'n dechrau chwifio ei dwylo fel melin wynt, ac yn gweiddi braidd.

"O. Hoelen. Hoelion."

"Yn hoelen arall yn arch yr iaith Gymraeg!" Roedd hi'n gweiddi go iawn rŵan. Edrychais arni'n hurt. Edrychodd hithau arna innau.

"Mae'n ddrwg gen i, Ceri," meddai hi yn y diwedd, mewn llais normal eto, "ond mae pethau fel hyn yn torri fy nghalon i. Mae'n rhaid i ti fod yn falch ohonot ti dy hun; y ffaith dy fod ti'n Gymraes, y ffaith dy fod ti'n gallu siarad Cymraeg, un o ieithoedd hynaf y byd; y ffaith dy fod ti'n wych am chwarae pêl-droed; y ffaith mai merch wyt ti; y ffaith mai *ti* wyt ti. Os nad wyt ti'n parchu dy hun, sut wyt ti'n disgwyl i neb arall dy barchu di?"

Roedden ni'n dwy'n dawel am sbel wedyn. Fi'n meddwl yn galed dros be roedd hi newydd ei ddeud, a hithau'n fy ngwylio i'n meddwl.

"Iawn. Chi sy'n iawn," meddwn i yn y diwedd. "Mae'n rhaid i mi godi mhen yn uchel, yn does?"

"Oes."

"A defnyddio'r iaith ces i fy ngeni efo hi."

"Oes."

"Ymladd am fy hawliau."

"Ia."

"A dangos i'r hogia a'r athrawon a phawb arall bod Ceri Gruffydd yn barod am ffeit!"

"Ia! Dyna'r ysbryd!" chwarddodd Mrs Higginbottom. Mi fuon ni'n dwy'n chwerthin am hir wedyn. Bron iawn i mi dagu ar fy nharten, a deud y gwir.

Pennod 5

Mi ddeffrais i fore Llun yn teimlo'n grêt. Naci – yn wych. Yn llawn bywyd. Mi edrychais i yn y drych wrth lanhau nannedd a phwyntio bys ata i fy hun.

"Ceri," dywedais i, "ti ddim yn mynd i fod yn fat llawr i neb. Ti'n mynd i ddangos iddyn nhw!"

Ac mi wnes i. Mi fues i'n gwrando'n astud yn y gwersi i gyd, a hyd yn oed yn codi llaw i ateb cwestiynau. Edrychodd ambell athro'n wirion arna i.

"Ia, Ceri Gruffydd? Ti rioed isio cyfrannu i'r wers?"

"Yndw, syr. A 2 ydy 'X', syr, a 3 ydy 'Y'."

"Ym... cywir. Da iawn, Ceri."

Ha! A'r un peth wedyn yn Ffrangeg.

"*Oui, j'aime jouer au football et j'adore Ryan Giggs.*"

"*Trés bien Ceri!*"

A'r un peth yn Saesneg, Cymraeg, a Hanes. Ac mi wnes i fflic-fflac i Miss Morgan, chwaraeon.

Ac amser cinio, es i wylio'r bechgyn yn chwarae ar yr iard eto. Ro'n i'n lwcus – roedd y tîm yn erbyn Jason Jones un yn fyr.

"Â i ar yr asgell," gwaeddais cyn i neb allu deud gair. Ac mi rois i dacl i Tom Edwards yn syth, dwyn y bêl oddi arno fo, torri drwy dair tacl (yn cynnwys un gan Jason) a rhoi pas berffaith i Emyr. Dim ond tapio'r bêl i mewn oedd angen iddo fo wneud. Wedyn, nes i sgorio pedair fy hun.

Pan ganodd y gloch, nes i jest gwenu arnyn nhw, codi mag, a mynd i gofrestru.

Es i draw i weld Mrs Higginbottom yn syth ar ôl yr ysgol a deud y cwbwl wrthi.

"Da iawn ti," meddai hi. "Dal ati."

A dyna dwi wedi bod yn ei wneud. Bob amser egwyl a chinio, dwi wedi bod yn mynd i ganol y bechgyn ar yr iard, a does neb wedi cwyno. A deud y gwir, maen nhw'n ffraeo pwy sy'n fy nghael i yn eu tîm nhw. Pawb ond Jason, wrth gwrs. Crinc.

Mi nath rhai o'r genod ddechrau fy herian i pan oedden ni'n newid ar gyfer chwaraeon, fy ngalw i'n tomboi hyll, blêr a ballu, ond roedd gen i ateb iddyn nhw. Mi godais fy nhop i ddangos fy mol.

"Sbiwch. Dim owns o fflab, ac mi fedra i fyta beth lecia i. Fedri di ddeud hynna, Melanie?" Wedyn, mi afaelais i yng nghnawd fy nghluniau. "Dim byd yn symud ylwch. Solat. Dim bloneg *blancmange* fath â ti, ynde Cerys? Dal di ati i fynd i dy wersi aerobics, ngenath i. Mi fysa awr o bêl-droed yn gneud dipyn

23

mwy o les i ti... " Ac i ffwrdd â fi am y gampfa, gan adael eu cegau nhw ar y llawr. Dwi rioed wedi cega'n ôl arnyn nhw o'r blaen. Argol, roedd o'n deimlad braf.

Tydyn nhw ddim wedi meiddio tynnu arna i ers hynny. A deud y gwir, gweles i Cerys a Melanie yn ein gwylio ni'n chwarae amser cinio ddoe. A Miss Morgan, chwaraeon.

Pennod 6

Dwi wedi dod yn ffrindia go lew efo Leah Jones a Meg Roberts. Maen nhw'n eistedd o mlaen i yn y dosbarth cofrestru. Dwi'm wedi cymryd llawer o sylw ohonyn nhw tan rŵan, am eu bod nhw mor dawel, ond unwaith ti'n dod i'w nabod nhw, maen nhw'n eitha cesys. Mae gan Leah hiwmor mor sych, bron nad ydy hi'n sarcastig, ond mae hi'n gneud i mi chwerthin, was bach, ac mae Meg yn gallu dynwared pobol yn wych, yn enwedig Mr Thomas, Saesneg.

Dydy criw Melanie a Cerys ddim yn meddwl llawer ohonyn nhw am am nad ydyn nhw'n '*trendy*', ond dydy hi'm bwys gen i be mae'r criw yna'n ei feddwl.

Ces i A am draethawd Cymraeg echdoe. Mi fues i'n sbio arno fo am hir, yn methu credu fy llygaid. C neu D dwi'n ei gael fel arfer. Roedd Cerys yn sbio'n hyll arna i, achos dim ond B+ gafodd hi. Ha!

O, ac mi ddoth Miss Morgan ata i ar ôl cinio heddiw. Ro'n i wedi sylwi ei bod hi wedi bod yn fy ngwylio i'n chwarae pêl-droed eto.

"Mae gen ti ddawn bendant at bêl-droed, Ceri," meddai hi.

"Diolch, Miss." Ro'n i'n disgwyl iddi gwyno rŵan mod i ddim yn chwarae pêl-rwyd efo'r fath ymroddiad, ond,

"Dwi wedi bod yn trio gwneud i Mr James ddod i dy weld di... " meddai hi.

"O?"

"Mi gymerith amser, ond mi ddaw dwi'n siŵr."

"O. Dwi'n dallt. Felly dydy o ddim am drafferthu dod i ngweld i achos dydy o'm isio merch yn y tîm."

"Wel... elli di weld ei bwynt o. Trafferthion efo stafelloedd newid ac ati, ond fel ro'n i'n deud, mi gymerith amser, ond mi ddaw i dy weld ti yn y diwedd. Mi wna i ddal ati i fwydro'i ben o."

"Diolch, Miss!"

"Os gwnei di ffafr efo fi."

O, dyma ni.

"Fel be, Miss?"

"Chwarae i'r tîm pêl-rwyd nos fory."

"O. Wel, ocê ta." Ro'n i'n gallu meddwl am bethau gwaeth, a pêl ydy pêl yn y pen draw, ynde? "Pa safle?"

"Canolwr."

Ddim yn ddrwg. Ti'n cael mynd i bob man bron, yr unig boen ydy nad wyt ti'n cael sgorio. Ac os nad ydy'r ddwy saethwraig yn llwyddo, ti'n berwi. Ond mae'n well na bod yn gôl. Ti prin yn cael symud o fan'no, a dwi'n hoffi cael y rhyddid i symud.

Felly, mi fyddan ni'n chwarae yn erbyn rhyw dîm arall ar ôl ysgol fory. Ond mae gan yr hogia gêm bêl-droed ddydd Sadwrn, ac yn y sgwad yna fyswn i'n hoffi bod.

Bues i'n torri mwy o goed i Mrs Higginbottom heno, a wedyn, nath hi sôn wrtha i am y cyfnod dreuliodd hi yn Affrica. Roedd hi'n arfer byw ar ffarm anferthol yng Nghenya lle roedd eliffantod a jiraffs yn dod i'r llyn yng ngwaelod yr ardd. Waw!

Mi ddangosodd y lluniau i mi a phob dim.

"Dach chi mor lwcus," meddwn i, "dwi 'rioed wedi bod dros y dŵr."

"Ond mi gei di gyfle rŵan, a titha yn yr ysgol uwchradd," meddai hi. Edrychais ar fy sgidiau.

"Na, dwi'm yn meddwl."

"Ond mi fydd na dripiau sgïo ac ati, yn bydd?" meddai hi. "Tripiau i Ffrainc efo'r adran Ffrangeg; i'r Eidal, i Rufain gyda'r adran Hanes"

"Os dach chi'n gallu'u fforddio nhw," atebais yn gwta. Wedyn es i adre.

Ro'n i'n flin cyn iddi hi godi'r peth, achos mae Miss Morgan wrthi'n trefnu trip sgïo at fis Chwefror, ac mae pawb yn siarad am y peth drwy'r dydd, bob dydd. Ond cha i byth fynd. Does gynnon ni mo'r pres, a dyna fo. Dyna mae Dad yn ei ddeud fel tiwn gron, beth bynnag, a dwi'n gwbod ei fod o'n deud y gwir. Neith y car na sydd ganddo fo ddim para llawer hirach – mae o'n rwd i gyd fel mae hi; mae'r rhewgell wedi dechrau gollwng; mae mrodyr bach i'n tyfu drwy ddillad fel dwnimbe, ac mae Mam mewn byd isio prynu'n tŷ ni gan y cyngor, ac yn swnian eu bod nhw'n trio hel pres ar gyfer *deposit*, be bynnag ydy hwnnw.

Y cwbwl dwi'n wybod ydy na cha i fynd ar yr un trip sgïo byth. Mi fydda i'n lwcus os ca i fynd i Alton Towers.

go-iawn. Ti'n gwbod be dwi'n feddwl – pwdu go-iawn) a deud wrth Jason am gau ei hen geg hyll, ac nad oedd o'n mynd i chwarae pêl-droed eto, ac mai rygbi oedd ei gêm o, beth bynnag. Wedyn mi stompiodd i ffwrdd. Sycsan go iawn i Jason. Ro'n i wrth fy modd ac mi wnes i chwibanu yr holl ffordd adre ar y beic. Wel, nes i'r tsiaen ddod i ffwrdd. Hen gronc o feic ydy o. Dad wedi ei gael o mewn sêl cist car yn rhwla.

Cyrraedd adre ac roedd y teledu wedi chwythu (mewn sêl cist car cawson ni hwnnw hefyd) felly roedd pawb yn flin – yn enwedig Mam. Mae hi'n ffan mawr o *Casualty*. Felly, aeth Dad am beint i'r dre yn gynt nag arfer, ac aeth Mam i wylio teledu drws nesa. Ro'n i ar gychwyn i weld Mrs Higginbottom, ond mi ddywedodd Mam nad o'n i'n cael, bod yn rhaid i rywun edrych ar ôl Jac a Wil. Felly, chwarae cuddio bues i efo nhw drwy'r nos. Drosodd a throsodd nes ro'n i wedi diflasu'n llwyr. Maen nhw'n gallu bod yn gesys, ond maen nhw'n waith caled, was bach. Ac erbyn iddyn nhw fynd i gysgu, (ar ôl i mi ddarllen *Shh! Paid a deud wrth Mr Blaidd* iddyn nhw o leia chwech gwaith) roedd hi'n rhy hwyr i mi fynd i weld Mrs Higginbottom – felly es i draw bora ma. Mae'n rhaid ei bod hi'n codi'n ofnadwy o gynnar, achos roedd hi wedi bod yn coginio bob math o bethau; bara, cacenni, pasteiod bach cig, *voul-au-vents* a *quiche*. Dydy Mam byth yn coginio pethau fel na. Ffa pôb ar dôst neu rwbath o'r meicrodon rydan ni'n ei gael fel arfer. Felly does na byth ogla bendigedig fel sy yn nhŷ Mrs Higginbottom yn ein tŷ ni.

Mi ferwodd hi'r tecell i wneud paned i ni, a rhoi pastai gig i mi. Flasais i erioed rywbeth mor lysh (dyna ni eto, dwi'n defnyddio gair Saesneg i ganmol rhwbath. Ond gyda phob parch i Mrs Higginbottom a'r iaith Gymraeg, does na ddim llawer o ddewis yn Gymraeg nagoes? Hyfryd, bendigedig, ardderchog, gwych... does na run o'r rheina'n swnio'n iawn ar gyfer bywyd bob dydd rhywsut. Iawn mewn llyfrau. Mae angen i rywun feddwl am eiriau Cymraeg medar pobol ifanc fy oes i eu defnyddio. Neu foderneiddio'r geiria yna. Hyf? Bendi?! Chog?!! Hm... allan o'r rheina, dwi'n meddwl mai 'hyf' ydy'r gorau. Reit ta, lle ro'n i? O ia...) Flasais i erioed rywbeth mor hyf yn fy myw, ac roedd o'n dal yn gynnes o'r popty. Ond do'n i'n methu dallt pam ei bod hi'n coginio gymaint a dim ond hi yn y tŷ. Os ydy hi'n bwyta hwnna i gyd ei hun, lle mae hi'n ei roi o? Mae hi mor fach.

"Ydach chi'n mynd i gael parti neu rwbath?" gofynnais.

"Na, ond dwi'n disgwyl ymwelwyr o fewn y dyddiau nesaf a dwi'n hoffi paratoi'n gynnar. Bydd rhain bron i gyd yn mynd i'r rhewgell."

"O." Do'n i ddim yn hoffi busnesa, felly wnes i ddim gofyn pwy oedd yr ymwelwyr. Ond mi wnes i ddeud wrthi am y gêm bêl-rwyd a'r gêm bêl-droed, ac am Leah a Meg a'r radd A am fy nhraethawd Cymraeg.

"Dwi'n falch iawn," meddai hi, "ond cofia di ddal ati. Rwyt ti wedi cael dechrau da i'r Ceri newydd, ond fydd hi ddim mor hawdd drwy'r amser, cofia. Paid ti â … beth ydy *sulk*?"

"Pwdu, moni, llyncu mul… "

"Llyncu mul? Dwi'n hoffi hwnna!" chwarddodd Mrs Higginbottom. "Paid ti â llyncu mul pan fydd pethau'n mynd o chwith. Mae bywyd fel gêm bêl-droed. Y tîm â'r stamina mwyaf sydd yn ennill yn y pen draw."

"Ia, ond mae angen dawn a gallu, yn does?"

"Oes, ond dydy'r rheiny'n dda i ddim os nad wyt ti'n gallu dal i fynd, drwy ddŵr a thân," meddai Mrs H gyda golwg ddifrifol iawn ar ei hwyneb. Ro'n i eisiau chwerthin.

"Iawn, Miss," gwenais i. "Ydych chi wedi meddwl bod yn bregethwr neu'n athrawes erioed?"

"Ceri Gruffydd! Wyt ti'n ceisio dweud mod i'n ddiflas?!" chwarddodd Mrs H.

"Pwy? Fi?! Fyswn i'm yn meiddio," atebais innau, ond ro'n i'n methu peidio chwerthin, felly mi wasgodd hi *voul au vent* i ngwyneb i! Wir yr! Dynes yn ei hoed a'i hamser yn ymddwyn fath â plentyn chwech oed.

Roedd Mam a Dad yn arfer gneud petha gwirion fel na. Roedden nhw'n gallu gneud i mi chwerthin nes ro'n i bron â thaflu i fyny. Ond dydyn nhw'm wedi bod fel na ers talwm rŵan.

Pennod 8

Fflipin Jason Jones. Dwi'n ei gasáu o. Mi nath o wrthod gadael i mi chwarae amser cinio dydd Llun.

"Na," meddai fo, pan ddois i'r iard. "Ti'n cymryd lle un o'r hogia, ac mae'n bwysicach bod hogia yn cael cyfle i ymarfer na ti."

A mi nath y bechgyn eraill gytuno efo fo! Ro'n i wedi gwylltio gymaint, rhois i goblyn o gic wyllt i'r bêl. Mi saethodd drwy'r awyr fel mellten, dros bennau pawb yn syth drwy ffenest fawr y stafell gerdd.

Mae'n debyg eu bod nhw wedi bod am oriau yn pigo darnau bach o wydr allan o'r *glockenspiels*. A ches i fy hel o flaen y Prifathro. Dwi'n gorfod aros i mewn bob amser cinio am bythefnos a thalu am drwsio'r ffenest.

"Ond syr, does gen i'm pres," meddwn i.

"Bydd yn rhaid i dy rieni dalu'r bil felly," meddai fo yn swta. "Rŵan, allan â ti. Dwi wedi colli amynedd yn llwyr efo ti. Dos!"

Dydy o ddim yn deg! Ches i'm cyfle i egluro o gwbwl. A rŵan mae'r athrawon i gyd yn sbio'n hyll arna i eto, yn meddwl mod i'n rêl sguthan fach ddrwg. Be ydy'r pwynt trio? Y? Dydy o ddim bwys be dwi'n neud, mae o'n troi'n llanast.

A fedra i byth ofyn i Mam a Dad dalu am y ffenest. Mae Dad newydd gael bil gan y garej am drwsio injan y car. Dros £300. Ond dydy'r car werth fawr mwy na hynny.

Es i ddim adre am hir ar ôl yr ysgol. Es i'n syth allan o'r bws ac i'r goedwig, lle bues i'n eistedd yn y goeden fwya am oes, nes iddi dwllu go iawn. Roedd hi'n pigo bwrw hefyd, felly ro'n i'n oer ac yn wlyb ac yn uffernol o flin pan es i adre yn y diwedd. Wedyn ges i lond pen gan Mam, yn do?

"Ble ti 'di bod? Finna'n poeni'n fa'ma a'r ddau fach ma isio bwyd. Ninna efo digon i boeni amdano fo fel mae hi, a titha'n dda i ddim byd ond niwsans. Ble mae dy ben di? A phaid ti â throi dy gefn arna i felna. Ti ddim yn rhy fawr i mi roi chwip din iawn i ti, meiledi." Bla bla fflipin bla...

Wnes i ddim trafferthu mynd i weld Mrs Higginbottom, achos ro'n i'n gwbod mai'r cwbwl fyddai hi'n ei wneud fyddai f'atgoffa i o'i haraith hi y noson o'r blaen. Yr un am stamina a pheidio â llyncu mul. Ond mae'n haws deud na gwneud, yntydi?

Ond es i draw nos Fawrth. Wnes i ddim deud llawer, a nath hi ddim holi llawer chwaith. Gallu gweld mod i'n bifish, mae'n siŵr. Felly es i allan i dorri coed, ac mi fues i wrthi am oes, nes ro'n i'n chwysu fel mochyn. Wedyn es i adre. Ro'n i'n teimlo'n well ar ôl waldio'r holl goed na efo bwyell. Ond ddim llawer gwell. Lle dwi'n mynd i ddod o hyd i £50?

Y bore wedyn, ro'n i'n cicio chipins y tu ôl i'r bloc gwyddoniaeth, digon pell o'r iard a'r hogia, pan ddaeth Meg a Leah draw.

"Welson ni be ddigwyddodd," meddai Meg.

"Do, a dydy o ddim yn deg," meddai Leah. "Damwain ydy damwain. A bai Jason Jones oedd o am dy wylltio di."

"Ia, achos dim ond jelys ydy o," meddai Meg, "am bod ti'n gallu chwarae gymaint gwell na fo."

Ro'n i'n gorfod brwydro'n galed i beidio crio. Roedd hi jest mor neis clywed bod rhywun ar fy ochor i.

"Diolch," meddwn i yn y diwedd.

"Sbia be sy gen i," meddai Leah wedyn, gan dynnu pêl fechan allan o'i bag. "Dydy hi ddim yn fawr, ond mae'n ddigon..."

"Digon mawr i ni chwarae pêl-droed efo hi," gwenodd Meg.

"Oedden ni'n meddwl sa ti'n dysgu cwpwl o sgiliau i ni," eglurodd Leah, "achos mae arnon ni awydd chwarae."

Edrychais yn hurt ar y ddwy. Ond roedden nhw o ddifri. Felly mi fuon ni'n chwarae efo'r bêl fechan na drwy'r cyfnod egwyl. Ac roedden nhw'n reit dda. Do'n i ddim yn gallu chwarae efo nhw amser cinio, wrth gwrs, am mod i'n gorfod eistedd yn y stafell gerdd am bron i bythefnos arall. Ond mi fuon ni'n chwarae amser egwyl dydd Iau a dydd Gwener, ac ar ôl ysgol wrth ddisgwyl am y bysus. A dyna pryd nath tair o ferched Blwyddyn 8 ymuno efo ni. A doedden nhw'm yn ddrwg o gwbwl.

Pennod 9

Mi gollodd y bechgyn 5-1 ddydd Sadwrn. Bechod!
Mae Jason yn flin bob dydd rŵan. Didyms. Ond mae
na griw o ddeg hogan yn cyfarfod bob amser egwyl
rŵan i gicio pêl. Mae Miss Morgan wedi trefnu i ni
gael benthyg pêl go-iawn, a set o gôns melyn, a
weithia mae hi'n ymuno efo ni. Dydy hi ddim yn
ddrwg chwaith. Hi ydy'r unig athrawes sy'n dal yn
glên efo fi. Mae gen i fynydd i'w ddringo efo'r lleill
eto. Ces i row gan Mr Thomas, Saesneg, am siarad
heddiw, ac mi nath i mi eistedd yn y cefn ar fy mhen
fy hun. Dim ond gofyn am fenthyg pren mesur o'n i,
ond ro'n i'n siarad pan oedd o'n siarad, ac mae o'n
casáu hynny, yn enwedig ar fore Gwener. Pam bore
Gwener fwy nag unrhyw ddiwrnod arall? Dim clem,
ond mae Meg yn deud ei fod o'n chwarae darts efo'i
thad hi bob nos Iau. Naill ai mae o'n colli bob gêm,
neu mae o'n yfed gormod. Felly mae o'n flin efo pobol
fel fi y bore wedyn. Hen grinc diflas. Ond o leia mae
o'n sylwi arna i. Dydy Mr James byth wedi cydnabod
fy modolaeth i, heb sôn am ofyn i mi chwarae yn y tîm.

Mi biciais i weld Mrs H neithiwr a thorri mwy o goed tân. Wedyn nes i ddeud wrthi am fil ffenest y stafell gerdd.

"O diar," meddai hi.

"Ia," cytunais.

"Dwyt ti ddim yn cael llawer o lwc gyda ffenestri, wyt ti?"

"Nacdw."

Mi fuon ni'n dwy yn dawel am sbel – fi'n bwyta bisgedi, a hithau'n edrych ar y tân yn clecian a ffrwtian. Yna,

"Dwi'n gwybod!" meddai hi'n sydyn. "Dwi eisiau paentio'r llofft gefn, ond dwi'n casáu paentio."

"A finna," meddwn yn ddifeddwl.

"O diar," meddai hi wedyn. "Does dim pwynt felly."

"Dim pwynt be?"

"Wel, ro'n i am gynnig i ti ei phaentio hi."

"Fi?" meddwn, a phoeri briwsion bisged dros y lliain bwrdd ar yr un pryd.

"Ia. A thalu i ti am dy waith."

"Faint?" holais yn ofalus.

"Wel, dwi'n siŵr y byddai paentiwr proffesiynol yn codi o leia hanner can punt am stafell fawr fel yna..."

"Mi wna i o! O, diolch Mrs H!" gwaeddais, gan neidio ar fy nhraed i'w chofleidio hi, ond ro'n i braidd yn wyllt, ac mi lwyddais i gnocio fy mhaned drosodd.

Edrychodd hi ar y staen mawr brown ar ei sgert, gan ysgwyd ei phen.

"Dim ond gobeithio y byddi di'n fwy gofalus efo potiau paent," meddai hi gyda gwên.

Felly es i draw yno'n syth ar ôl yr ysgol heddiw. Mae hi wedi dewis rhyw liw glas digon piblyd. Mae o'n debycach i lwyd na glas, os ti'n gofyn i mi. Mae'n well gen i liwiau mwy llachar, fel glas môr y Caribî neu Glas y Dorlan. Ond roedd Mrs H yn deud nad oedd hi isio gorfod gwisgo sbectol haul i fynd i gysgu, a hi pia'r llofft, felly hi sy'n dewis. Digon teg. Ro'n i isio dechrau paentio'n syth bin, ond mi fynnodd mod i'n rhoi tâp masgio– rhyw fath o selotêp lliw hufen – dros ymyl y drysau a lle mae'r wal yn cyfarfod y nenfwd a rhwng y distiau yn gynta, rhag ofn i mi neud llanast. Hen job ffyslyd, big. Ond mi wnes i'r cwbwl, a dwi wedi rhoi côt reit dda o baent gwyn ar y nenfwd. A deud y gwir, ces i fwy o baent yn fy ngwallt nag ar y nenfwd. Aeth Mam yn bananas efo fi pan es i adre, ond nes i fwynhau'n hun. A dwi'n mynd i fedru talu'r blincin Prifathro na cyn bo hir rŵan, tydw?

Pennod 10

Mi gymerodd ddwy noson arall o baentio cyn i mi orffen y llofft, gan mod i'n gorfod aros i'r gôt gynta sychu a ryw lol fel na. Ro'n i wedi cael llond bol erbyn hanner ffordd drwy'r noson gynta, ond mi nes i ddal ati, er bod fy mraich i jest â disgyn i ffwrdd. Stamina, fel dywedodd Mrs H. Ac roedd hi'n braf mynd draw yna neithiwr i helpu Mrs H roi'r dodrefn yn ôl yn eu lle, tynnu gweddill y darnau tâp masgio, a chamu'n ôl i sbio ar fy ngwaith.

"Mae'n edrych yn hyfryd," oedd ymateb Mrs H.

"Diolch i'r paentio gwych," meddwn i.

"Diolch i liw'r paent," cywirodd Mrs H.

Ond roedden ni'n dwy'n iawn. Roedd y lliw'n edrych yn reit neis wedi'r cwbwl, ond roedd y gwaith paentio'n daclus neis hefyd. Mi naethon ni'n dwy ysgwyd llaw a mynd am baned a chacen gwstard.

Mi soniais i wrthi fod gan dîm y bechgyn gêm bwysig ddydd Sadwrn yma – gêm gwpan yn erbyn ysgol o ochrau Sir Fflint yn rwla. Maen nhw'n tueddu i fod yn bêl-droedwyr da yn yr ochrau yna, tydyn?

Mae pobol fel Michael Owen, Mark Hughes ac Ian Rush yn brawf o hynny. Mae'n beryg i'n hogia ni gael eu curo'n rhacs. Eto. Dwi'n hanner teimlo drostyn nhw ar un llaw, ond ar y llaw arall... Wel, dwi ddim.

"Wyt ti'n meddwl cei di chwarae?" gofynnodd Mrs H.

"Na, dim peryg," atebais efo llond ceg o gacen gwstard. "Ond mi fydd Leah, Meg a finna yn mynd draw mae'n siŵr."

"Ia, gwell i ti fynd yno. Rhag ofn," meddai Mrs H.

"Rhag ofn be? Mi fyddai'n well ganddyn nhw golli 10-0 na gadael i mi chwarae efo nhw."

Ond y cwbwl wnaeth Mrs H oedd gwenu.

Wedyn, ces i £50 mewn papurau degpunt newydd sbon danlli ganddi. Roedd o'n torri nghalon i i feddwl mod i'n gorfod rhoi'r cwbwl i'r Prifathro. Yr holl bethau gallwn i brynu efo pres fel na! Mae nhrainers i'n rhacs yn un peth. Ac mae pen ôl yr unig bâr call o jîns sydd gen i jest â gwisgo'n dwll.

Ond mynd â fo at y Prifathro wnes i, wrth gwrs. A chael llond pen arall am fy nhrafferth; araith hir am barchu adeiladau ac offer yr ysgol, parch at athrawon a chyd-ddisgyblion, ac at fy ymddangosiad. Y ffordd ro'n i'n edrych roedd o'n ei feddwl, achos roedd o'n sbio fel bwch ar fy sgidiau i. Ro'n i isio deud wrtho fo ei bod hi'n anodd prynu pâr newydd o sgidiau a thalu am ei bali ffenest o. Ond mi lwyddes i frathu nhafod.

Ond dwi ar fai hefyd; dydy'r ffaith mod i'n chwarae pêl-droed rownd rîl yn y sgidiau ma ddim yn gneud llawer o les iddyn nhw, debyg.

Ro'n i wedi meddwl galw heibio Mrs H heno, ond roedd na gar mawr tu allan a sŵn lleisiau tu mewn. Y bobol ddiarth na mae hi wedi bod yn eu disgwyl, mae'n siŵr. Roedd na lot o chwerthin yno, beth bynnag. Dwi'n gwbod na ddylwn i fod wedi gwrando tu allan i'r drws fel na, ond ro'n i isio bod yn siŵr mai pobol glên oedd efo hi. Ti'n clywed gymaint am bethau ofnadwy'n digwydd i hen bobol y dyddiau yma. Tasa rhywun yn brifo Mrs H, swn i'n hanner eu lladd nhw.

Roedd Jason Jones y tu ôl i mi'n y ciw cinio heddiw. Mae o wedi tyfu neu rwbath, achos mae o'n dalach na fi rŵan. Doedd o ddim ddechrau'r tymor. Ac roedd ganddo fo hymdingar o bloryn mawr piws ar ochor ei drwyn, un poenus yr olwg, a'r stwff melyn afiach ma'n dechrau hel yn y canol, fel llosgfynydd ar fin ffrwydro. Er mai dyna'r ploryn hylla i mi ei weld erioed, do'n i methu peidio sbio arno fo. Aeth Jason yn annifyr i gyd.

"Ti isio llun?"

"Nacdw," atebais i fel siot, "sa ti'n torri'r camera."

"O, cer-i-grafu," meddai o'n biwis. Chymerais i ddim sylw.

"Wsti be," meddwn i, yn rhesymol a chlên, "maen

nhw'n deud bod straen a phoen meddwl yn gallu achosi plorod. Mae'n rhaid dy fod ti'n poeni'n uffernol am rwbath i gael ploryn mor anferthol â hwnna. Gwbod bod ti'n mynd i golli 12-0 dydd Sadwrn ma hwyrach, ia?"

Dwi'n gwbod ei fod o'n ofnadwy o flin wedyn, achos aeth o'n biws i gyd. Doedd o ddim hyd yn oed yn gallu deud 'cer-i-grafu'.

Mi lenwais i fy mhlat efo lasagne a phys, a throi ato fo gyda gwên, "Fyswn i ddim yn chwarae i chi rŵan tasech chi'n gofyn, achos dach chi'n c—"

"Ceri Gruffydd! Symuda! Mae pobol eraill isio bwyd!" gwaeddodd Mr Thomas, Saesneg, yn fy nghlust i.

"Sori, syr," meddwn i, efo gwên fel siwgwr, a mynd at y bwrdd lle roedd Meg a Leah yn disgwyl amdana i. Isio gwybod be ro'n i wedi ei wneud i Jason.

Pennod 11

Aethon ni i weld y gêm, Meg, Leah, rhai o'r genod eraill sydd wedi bod yn chwarae pêl-droed efo ni, a fi. Ar ôl chwarter awr, roedd Fflint wedi sgorio tair gôl a doedd ein bechgyn bach pathetig ni prin wedi croesi'r llinell hanner. Ro'n i wedi disgwyl mwynhau eu gweld nhw'n cael eu chwalu, ond roedd o'n dechra mynd yn boenus. Roedd ysgwyddau Jason druan yn mynd yn is ac yn is, ac ro'n i'n dechrau difaru mod i wedi bod yn gas efo fo. Do'n i ddim isio dal ati i wylio.

Nes i droi i ffwrdd a holi'r genod a oedd ganddyn nhw awydd cicabowt ar y cae arall. Oedd. Felly naethon ni fenthyg un o'r peli sbâr a chwarae pump bob ochr am chydig. Roedden ni'n gallu clywed llais Mr James yn sgrechian ar yr hogia, a chefnogwyr Fflint yn clapio wrth iddyn nhw sgorio eto – ac eto.

Toc, mi sylwais i fod na ddyn diarth yn ein gwylio ni. Roedd o'n gwisgo côt fawr hir, ac roedd ganddo fo farf. Does gen i'm byd yn erbyn dynion efo barf, ond roedd na olwg rhyfedd ar hwn. Doedd o'm yn gwisgo fel y dynion lleol, ac roedd o'n ein gwylio ni mor fanwl, nes i mi ddechra teimlo'n reit annifyr.

"Mae'r dyn yna'n sbio arnat ti, Ceri," meddai Leah.

"Dwi'n gwbod!" atebais i'n flin. "Paid â chymryd sylw ohono fo. Eith o o ma yn y munud." Ond aeth o ddim. Roedd o'n dal i wylio, fel barcud. Mi wnes i ddal ei lygad o unwaith, ac mi wenodd o arna i. Roedd hynna hyd yn oed yn fwy crîpi. Dwi wedi dysgu ers pan ro'n i'n fach mod i ddim fod i wenu ar ddynion diarth. Dyna pryd glywson ni'r dyfarnwr yn chwythu am hanner amser.

"Stwffio hyn," meddwn i. "Gadewch i ni fynd yn ôl i weld yr hogia. Ella y byddan nhw'n well yn yr ail hanner." Felly dyma Meg yn gafael yn y bêl, ac mi redon ni reit rownd at ochor arall y cae, yn ddigon pell oddi wrth y dyn barfog.

Roedd Mr James ar ganol rhoi coblyn o lond pen i'r hogia. Ro'n i'n gallu gweld y poer yn tasgu o'i geg o. Ac wedyn, roedd hi'n edrych fel petae Jason yn cega'n ôl.

"Dydy hi ddim yn edrych yn dda yna," meddai Leah. Ac yna, roedd bys Jason yn yr awyr, ac roedd o'n pwyntio... i'n cyfeiriad ni.

"Be mae o'n neud?" gofynnodd Meg.

"Dim clem," atebais i. Ro'n i'n rhy brysur yn edrych ar y dyn barfog. Roedd hi'n edrych fel petae

o'n gadael. Oedd, roedd o wedi dechrau cerdded am y maes parcio. Ffiw.

"Ceri!" gwichiodd Meg yn sydyn. "Mae o'n pwyntio atat ti!"

"Pwy?" Nid y dyn barfog, erioed?

"Jason! Edrych! Mae o'n rhedeg draw... "

Daeth i stop o mlaen i.

"Ocê, Ceri," meddai, "dyma dy gyfle di. Mae Mr James yn fodlon i ti chwarae."

Bron iawn i nghalon i stopio curo.

"Be?"

"Ti mlaen. Ty'd, brysia! Mi gei di fenthyg sgidia Dewi. Mae o tua'r un maint â ti."

Ond mi arhosais i lle ro'n i. Ro'n i wedi cael amser i feddwl.

"W-o-o," meddwn, fel taswn i'n rhoi brêcs ar geffyl. "Be sy'n gneud i ti feddwl mod i isio chwarae?"

"Y?" edrychodd pawb yn hurt arna i. Jason yn fwy na neb.

"Be haru ti?" meddai. "Ti jest â drysu isio chwara!"

"O'n, mi o'n i. Ond doeddech chi ddim isio fi! A rŵan eich bod chi f'angen i go iawn, mi fysa 'plîs' yn neis!"

Ro'n i wedi gwylltio braidd. Neu wedi cynhyrfu. Y ddau, mae'n siŵr. Ac ro'n i'n rhythu i fyw llygaid Jason. Roedd ei lygaid yntau'n fflachio nôl ata i.

Esgob, mae gynno fo lygaid neis.

"Iawn!" gwaeddodd Jason. "PLÎS nei di chwara?!"

"Iawn!" gwaeddais yn ôl. "Os gwnei di stopio gweiddi arna i!"

"Ceri— ! ... Ti isio jam arni, yn dwyt?"

"Ydw! A phâr o siorts!"

"Mae gen i rai sbâr draw fancw! Ac os na symudi di'n reit handi, chei di'm cyfle i'w gwisgo nhw. Byddi di'n gorfod chwara yn dy ni—!"

"Iawn! Mi ddo i rŵan!" Roedden ni'n dau yn dal i gyfarth ar ein gilydd, ac roedd Meg a Leah wedi dechrau giglan ers talwm.

Mi redais ar draws y cae ar ôl Jason, a newid yn hynod gyflym a chelfydd y tu ôl i gôt Mr James.

"Diolch," meddwn wrth hwnnw, wrth iddo ail-wisgo ei gôt.

"Diolch i *ti*," meddai ynta, ond doedd o ddim yn gallu sbio'n iawn arna i. Teimlo'n euog, mae'n siŵr.

"Reit ta," meddai Jason wrtha i'n swta, fel roedd y dyfarnwr yn codi ei chwiban, "dangosa i ni sut mae chwara."

"Dim problem," atebais inna. "Gyda llaw, be dy'r sgôr?"

"Pump i ddim."

O, grêt. Yn sydyn, ro'n i'n dechrau teimlo'n nerfus. Mae'n anodd chwarae'n dda os ydy'r tîm arall yn wych

a gweddill dy dîm di yn anobeithiol. A phum gôl ar ei hôl hi.

Ac roedd hi'n anodd. Roedden nhw wedi sgorio un arall bron yn syth. Ond cyn bo hir, ro'n i allan ar yr asgell, a ches i bas dda gan Jason. I fyny â fi ar wib. Es i drwy gwpwl o dacls a phasio un fach sydyn i Jason yn y cylch. Mi beniodd o'r bêl i'r rhwyd. A dyna'r tro cynta erioed iddo fo wenu arna i.

Roedden ni'n gweithio'n dda efo'n gilydd. Ar ôl deg munud, roedd hi'n 2-6. Un i Jason, un i mi. Roedd lleisiau Meg a Leah i'w clywed yn glir, yn gweiddi:

"Tyd yn dy flaen, Ceri!"

"Pasia hi i Ceri!"

"W-o-o-o! Tacl, Ceri!"

Ac fel roedd y gêm yn poethi, roedd llais Mr James yn dechrau gweiddi pethau digon tebyg, pethau oedd yn ein hannog ni a'n canmol ni, yn lle torri'n calonne hyd yn oed yn fwy. A mwya'n y byd roedden ni'n llwyddo i dorri trwadd a'u rhwystro nhw rhag sgorio, gorau'n y byd roedd gweddill y tîm yn chwarae. Mae hynna'n rhyfedd, tydy? Dwi ddim yn siŵr os ydy hyn yn gwneud synnwyr, ond os ti'n gwybod dy fod ti'n chwarae'n dda, ti'n chwarae'n well. Mae o'n wir, tydy? Adrenalin neu rwbath mae'n siŵr.

Beth bynnag, wnaethon ni ddim ennill, ond roedd

y sgôr terfynol yn dipyn bach mwy parchus, 3-7. Fi
gafodd y ddwy ohonyn nhw. Mi fysa Jason wedi gallu
sgorio'r un ola, ond mi basiodd y bêl i mi yn lle hynny.

"Diolch, Jase."

"Dim problem. Ffordd o ddeud sori am fod yn
gymaint o... ym..."

"Ben rwdan?" cynigiais i. Mi wenodd arna i, a
chytuno. Esgob, mae ganddo fo wên ddel. Aeth fy
stumog i'n rhyfedd i gyd.

A phan aeth y chwiban ola, ces i wên a nod gan
weddill y tîm. Ac mi ddoth capten tîm y Fflint i
ysgwyd llaw.

"Dim yn drwg. Am ferch," meddai o, yna cywiro
ei hun (ond ddim ei dreigladau): "Na, *actually*, roeddet
ti'n blydi gwych."

O'n, ro'n i'n gwenu fel giât. Roedd Mr James
hefyd. Ac mi ofynnodd a o'n i'n gallu dod i ymarfer
amser cinio ddydd Llun. Dim problem.

"Wela i di ddydd Llun ta," meddai Jason, "onibai
dy fod ti ffansi dod am dro ar y beic efo fi pnawn
fory?"

Dydy bywyd ddim yn fwced o falwod wedi'r
cwbwl. Mae na ambell i gacen siocled yna hefyd.

Pennod 12

Ambell gacen siocled ddeudis i?! Mae mywyd i newydd droi yn un gacen siocled fawr anferthol yn diferu efo hufen ffres, tew a Maltesers drosti i gyd! Wir yr!

Es i draw i weld Mrs H bore dydd Sul, i ddeud bob dim wrthi am y gêm ac am Jason. Ond pan welais i fod y car diarth yn dal yna, mi wnes i droi am adre. Ond wedyn dyma fi'n clywed rhywun yn cnocio ffenest yn wyllt, a'r peth nesa, roedd Mrs H yn y drws, a'i hwyneb yn binc i gyd.

"Ceri! Ble ti'n mynd?" gwaeddodd. "Tyrd i'r tŷ i gyfarfod fy nheulu i!"

Felly mi es. Mi ddilynais Mrs H i mewn i'r lolfa, heibio llond bwrdd o *voul au vents* a *quiches*. Dynes smart efo gwallt hir du oedd y person cynta i mi ei gweld.

"Dyma Joy, fy merch-yng-nghyfraith," meddai Mrs H. "Dydy hi ddim yn siarad Cymraeg. Americanes ydy hi."

"*Hi!*" meddai Joy, gan ysgwyd fy llaw i. Mae'n

rhaid ei bod hi'n hogan gre, achos mae'n siŵr gen i fod na tua chwarter tunnell o fodrwyau a breichledau ar ei bysedd a'i garddwrn.

"A dyma fy mab, Kevin, ar y soffa fan'cw," meddai Mrs H. "Dydy o ddim yn siarad Cymraeg chwaith." Camodd yn ôl i ddangos Kevin i mi, ac mi gododd dyn mawr ar ei draed. Bron i mi gael hartan. Roedd gan Kevin farf.

"*Hello, Ceri,*" meddai Kevin. "*You played really well yesterday.*"

Mi fues i am oes yn trio gwneud i ngheg wneud siâp 'Helo' yn ôl. Roedd y bali peth yn mynnu gwneud siap ogof yn lle. O'r diwedd, mi lwyddais i wneud sŵn oedd yn swnio rhywbeth yn debyg i gyfarchiad. A dyna pryd dechreuodd Mrs H egluro ei bod hi wedi bod yn sôn wrth Kevin gystal pêl-droedwraig o'n i, a'i fod o wedi deud yr hoffai o nghyfarfod i.

"Ond roeddet ti wedi mynd i weld y gêm," eglurodd. "Felly mi benderfynodd o fynd draw hefyd. Ac mae'n rhaid mod i wedi dy ddisgrifio di'n dda, achos mi wnaeth o dy nabod di'n syth!"

"*But you were busy with your friends,*" meddai Kevin, "*I was just about to leave when I saw you running on the field.*"

"*And he sure is glad he stayed,*" ychwanegodd Joy gyda gwên.

Roedd fy mhen i'n troi braidd wrth drio gwneud synnwyr o hyn i gyd. Dyna pryd gollyngodd Mrs H y bom go-iawn. Wel, nid bom 'go-iawn', ond ti'n gwybod be dwi'n feddwl.

"Ti'n gweld, Ceri," meddai hi, "mae Kevin yn hyfforddwr pêl-droed yn yr Unol Daleithiau. Dydy pêl-droed dynion ddim yn fusnes mawr yno eto, ond mae pêl-droed merched yn fusnes anferthol."

Ro'n i wedi clywed hynny o'r blaen. Mae'n debyg bod ganddyn nhw hyd yn oed ddoli fath â Barbie o Mia Hamm, seren Tîm Pêl-droed Merched America. Allwch chi gredu'r peth?!

Ond roedd Mrs H yn dal i siarad.

"Mae merched addawol yn gallu cael ysgoloriaethau i fynd i goleg yn America. Maen nhw'n dod o bob man, Sweden, Norwy, Lloegr... a rŵan... Cymru – os oes gen ti ddiddordeb." Roedd hi'n gwenu arna i. Roedd y tri ohonyn nhw'n gwenu arna i. Ond do'n i'm yn siŵr os o'n i cweit wedi deall. Os oedd fy mhen i'n troi cynt, roedd o'n mynd fel peiriant golchi ar sbin llawn rŵan.

"*So how about it, Ceri?*" gofynnodd Kevin, "*I think you're a cracking little player, with great potential.*"

"*Me?*" meddwn yn fy acen Saesneg orau, "*Go to America? To play football?*"

"*Yes!*" meddai Kevin a Joy.

"*Go to college? But I'm only in* Blwyddyn Saith! A be

am y pres, Mrs H? Fedar Mam a Dad byth fforddio fo... "

Wedyn dyma nhw'n egluro mai mynd yno pan ro'n i'n ddeunaw fyddwn i. Bod ysgoloriaeth yn golygu bod y coleg yn talu am bob dim, a bod Kevin yn gwybod am grantiau eraill oedd ar gael os o'n i angen mwy, ac y byddai'n rhaid i mi weithio'n galed ar fy ngwaith ysgol yn y cyfamser.

"A dal ati!" gwenodd Mrs H. "Fedri di addo i ni y gwnei di weithio'n galed er mwyn pasio dy arholiadau?" Nodiais fel peth gwirion, yn fud erbyn hyn. "Ac y gwnei di chwarae pêl-droed bob cyfle gei di?" Mwy o nodio. Nodio nes roedd fy mhen i bron â disgyn i ffwrdd. Nodio nes roedd tu mewn fy mhen i'n dechrau janglo.

Ond doedd Kevin heb orffen gwneud i mhen i janglo. Mi ddywedodd ei fod o wedi cyfarfod swyddogion y clwb pêl-droed lleol nos Sadwrn, a llwyddo i'w berswadio nhw i ddechrau hyfforddi tîm merched dan 15. Roedden nhw am ddechrau arni ar ôl Dolig. Sy'n wych, achos fydda i ddim yn cael chwarae efo tîm y bechgyn am yn hir iawn eto. Ddim yn swyddogol, o leia. Mae na rwbath yn deud wrtha i y bydda i'n cael ambell i gicabowt efo Jason o hyn allan.

Roedd Mrs H, Kevin a Joy yn dal i baldareuo, siarad pymtheg y dwsin, ond do'n i prin yn gallu clywed. Ro'n i wedi gwirioni, wedi mopio mhen yn lân. Ac ro'n i isio deud wrth Mam a Dad. Felly mi ofynnais a gawn i fynd i ddeud wrthyn nhw. Dim problem, siŵr. Felly allan â fi a rhedeg fel milgi gwallgo bost am tŷ ni, a deud wrthyn nhw. Mi ddoth allan fel lobsgows, ond mi ddallton nhw yn y diwedd, a nghofleidio fi. Naethon nhw hyd yn oed roi swsus hir gwlyb i mi, ac i'w gilydd. Wedyn, roedd Jac a Wil isio swsus hefyd, felly mi fuon ni i gyd yn swsian a chofleidio a chwerthin am hir. Roedd o fel ers talwm.

Wedyn, ces i'r awydd cry ma i gicio pêl. Mi fues i'n twrio yn y twll dan staer am fy mhêl am dipyn. Wedyn allan â fi efo Jac a Wil, y tri ohonon ni'n sgrechian a gweiddi, ac yn rhedeg nôl a mlaen ar hyd y stryd, yn cicio a thaclo. Wedyn, dwi'm yn siŵr iawn pam – dangos fy hun mae'n siŵr – ond rhois i hymdingar o gic iddi. Ac aeth hi'n syth drwy ffenest Mrs H.

Wps.

pen
dafad

Bach y Nyth
Nia Jones 0 86243 700 8

Cawl Lloerig
Nia Royles (gol.) 0 86243 702 4

Ceri Grafu
Bethan Gwanas 0 86243 692 3

Gwerth y Byd
Mari Rhian Owen 0 86243 703 2

Iawn Boi? ;-)
Caryl Lewis 0 86243 699 0

Jibar
Bedwyr Rees 0 86243 691 5

Mewn Limbo
Gwyneth Glyn 0 86243 693 1

Noson Boring i Mewn
Alun Jones (gol.) 0 86243 701 6

Cyfres i'r arddegau
Ar gael o'r Lolfa: ylolfa@ylolfa.com neu o siop lyfrau leol